这世上只有一种成功，
就是以自己喜欢的方式过一生。

华夏万卷
让人人写好字

以自己喜欢的方式书写一生

LIFE IS
A JOURNEY

华 夏 万 卷　编

林特特 著

张　颢 书

上海交通大学出版社
SHANGHAI JIAO TONG UNIVERSITY PRESS

图书在版编目（CIP）数据

以自己喜欢的方式书写一生 / 华夏万卷编；林特特著；张颢书. —上海：上海交通大学出版社，2019
ISBN 978-7-313-21279-5

Ⅰ.①以…　Ⅱ.①华…　②林…　③张…　Ⅲ.①汉字-硬笔字-法帖　Ⅳ.①J292.12

中国版本图书馆 CIP 数据核字（2019）第 088536 号

以自己喜欢的方式书写一生
华夏万卷　编　　林特特　著　　张　颢　书

出版发行：上海交通大学出版社　　地　　址：上海市番禺路 951 号
邮政编码：200030　　电　　话：021-64071208
印　　刷：成都中嘉设计印务有限责任公司　　经　　销：全国新华书店
开　　本：889mm×1194mm　1/32　　印　　张：8
字　　数：200 千字
版　　次：2019 年 7 月第 1 版　　印　　次：2019 年 7 月第 1 次印刷
书　　号：ISBN 978-7-313-21279-5/J
定　　价：48.00 元

全国服务热线：028-85939832

出版前言

人生只有一次，
努力活成自己喜欢的模样

这个时代太喧嚣，每天忙忙碌碌，你可曾问过自己的内心，你真正想要的生活是什么？

人的一生有许多种活法，可以豁达阳光走完一生的旅程，可以轰轰烈烈唱响生命的赞歌，也可以平平淡淡度过一生的时光……不论以哪一种方式生活，人生最幸福的事，莫过于用自己喜欢的方式度过，将平凡琐碎的生活过得温暖而丰盈。

你的人生，就是你最好的一部作品，你是导演，也是主角。从呱呱坠地到离开人世，你用一生的时间在书写这部作品。作品是否精彩，取决于你是不是用心在书写。

从社会学角度讲，“人”字这两笔，内涵丰富，哲理深邃，想写好很难。从书法角度讲，字的笔画越少，越不易写好。“人”字只有两笔，一撇一捺，却不好写。

写好一个“人”，只需要两笔；做好一个人，却需要一生。

一笔写快乐，一笔写烦恼

“聚的时候已经可以看见散，遇见已经知道一定会分手，盛惦记着衰，起步就想着万一。成年人就是这样吧，不管手里有什么，都觉得无法把握，不知悲凉什么，诚觉世事无不悲凉。”

一笔写顺境，一笔写逆境

“那些你曾经害怕的、受辱的、拧巴的、困惑的和坚持的都将成为你驾驭生活的勇气和资本。”

一笔写得到，一笔写付出

“以前觉得获得幸福是一种能力，现在觉得给人幸福才是能力。”

一笔写成长，一笔写衰老

“每个年轻又好胜的女孩，都曾有过一个或更多的假想敌。她可能是你最亲密无间的朋友，也可能是你最势均力敌的对手。她是你的影子。你是她的镜子。她盛开，你也正当花季。她衰老，你离凋零也不远。所以你惦记她，其实只是惦记自己。”

一笔写自己，一笔写爱人

“我们一再告别生命中的某个段落，告别一度同行的人，道着再见。我们在目光中远行，又目送他人离去，最终都等来彻底的告别，在这个世上，再也不见。”

一笔写过去，一笔写将来

“我相信，你该走什么路，遇见什么人，过什么样的生活，冥冥中自有天注定，所有此一时都由彼一时造就。别怕，一切焦虑，所有问题，都会在未来十年解决。”

一笔写前半生，一笔写后半生

“女人身上最强大的是韧性，再泥泞也能生存。女人身上最美的是，矢志不渝做她坚信正确的事，哪怕全世界都被推翻，全世界都混乱，全世界都将其遗忘。”

不管你处于人生的哪个阶段，你都要清楚自己想要什么样的人生，才可以做出最好的选择。只有知道什么样的生活是自己最喜欢的，你才能找回自己，同时成为最好的那个自己。

人的一生短短几十年，你有权利以自己喜欢的方式书写这一生。

愿你一生温暖纯良，不舍爱与自由，活成自己喜欢的样子。

目录

Part 4 面对复杂，保持喜欢

Part 5 被喜欢是一种能力

Part 6 在喜欢的事上做第一名

Part 7 成长就是目送喜欢的离开

Part 8 爱情，对等的喜欢

Part 9 在喜欢的路上驰骋

Part 10 最喜欢的会是幸会

若曾素心相赠，
请勿反目成仇。

PART 1

LIFE IS A JOURNEY

无掌控，不喜欢

我不想将时间功利化，
但我想告诉你，
你的时间放在哪里，
事关你和人生目标的距离。

扫码倾听音频

就算没有人生目标，起码你对理想生活有个朦胧的想象吧。

时间放在哪里，事关你和人生目标的距离

我不想将时间功利化，但我想告诉你，你的时间放在哪里，事关你和人生目标的距离。

如果你的人生目标是做一个饱学之士，今天你被耽误的一万字阅读，就是你和你的目标本来能缩短的一步。

如果你的人生目标是事业有成，你在网上浏览业内新闻也

比敷衍师弟的稿子有建设性。

哪怕你什么都不想干，只想做个快乐的人呢。你今天别扭着，后悔着，倾听朋友的烦恼，她吐露给谁都一样的烦恼，你赔上你的时间，也不能解决她的问题，还耽误了你浮生偷得的半日闲。

就算没有人生目标，起码你对理想生活有个朦胧的想象吧。

那件最重要的事，才是你最该花时间的事。

谁都不能安排你的生活

你必须知道对你来说最重要的是什么。

你的时间值得做更有意义的事，你被耽搁，被置换得越多，你离你的目标、理想就越远。

那件最重要的事，才是你最该花时间的事，其次是此时此刻能给你带来最大快乐的事。

总有人情世故，总有一些人

际关系需要维系，故交近友，亲戚同事，但这些只占你生活的一部分。你的时间确实要献给亲情、友情，但不是全部。你该有个时间、精力的分配。还有，你最重要的那件事不能让位。

掌控自己的生活，才能喜欢自己的生活。

一个人的时间安排就是他对人生的安排。一天二十四小时，八小时睡眠，八小时工作，还有八小时，除去吃喝拉撒，扔在路上的时间，你还剩下多少给自己，给别人？

哪些是可以拒绝的十分之九

你不能被动指望别人发善心不再打扰你的生活，你的生活你要掌握主动权。

你说，你的口碑很重要。

其实你的心里最清楚哪些是别人需要你，非你不行的十分之一，哪些是你可以拒绝的十分之九。你能把这十分之一做好，对人对己，都足够了。

你说，也许，下次别人会注意，类似情况不会再出现？

你不能被动指望别人发善心不再打扰你的生活，你的生活你要掌握主动权。你美好的今天、昨天还有某某天已经被置换，不拒绝，就无法杜绝，难道你还等待着烦恼复制下去？

理想不能让位

谁都不能安排你的生活，除了你自己，除非你同意。

别说你不好意思，任何人提出要求时，都是试探性的，虽然有人的姿态势在必得。除非当个老好人就是你的目标，否则，那十分之九该为你的人生目标、理想生活让位——还有什么比它们更重要？

谁的时间都有价值，谁把时间分给了你，就等于把世界分给了你。而留给自己的这部分时间，有人用来学习，有人用来恋爱，有人用来锻炼，有人用来娱乐，无论如何，都不是为了让自己越来越不好的。

我们从来无法控制会发生什么事，唯一可控的是面对事件时我们自己的态度——

谁都不能安排你的生活，除了你自己，除非你同意。

你每次都让位，其实你对自己最狠心。

不忍心的人对自己最狠心

你最好的时间总被突然出现的人或事占据，你最想做的事往往成为一种牺牲，最后变成奢求，你每次都让位，其实你对自己最狠心。

你并没有意识到，别人在置换你对生活的安排，从一天到几天到更久，渐渐地，无数个别人组成团队……

她把你当垃圾桶，而你眼睁

睁看着时间扔在废纸篓里。

最低级的任性是放肆。

自由不是想轻松就轻松

自由不是想轻松就轻松，是想得到一定要得到，历经千难万险也要得到，得不到也要死在要得到的路上。

最低级的任性是放肆，最高级的任性是行动听从自觉自律的意志。

只有进化成一个更好的自己，
用更成熟的心智，才能找到爱。

PART 2

LIFE IS A JOURNEY

我喜欢你，因为我喜欢你眼中的我

我们人生中最重要的朋友，
其实是我们自己。
每个人终究要学会的，
是与自己相处，与自己聊天。

扫码倾听音频

作为一个成年人，你为什么要不喜欢自己？

远离让你感到自卑的人

一些人什么都好，甚至优秀。但他们像电影院第一排站起来的人，在他们身后的人，都不得不站起来。只要关注他们，类似自卑、自责的情绪就会围绕你。但你为一个成年人，你为什么要被他们左右，不喜欢自己？

一个人不喜欢你，可能只是因为，你传递给他的信息，让他自卑。天长日久，负面情绪累积，他与其不喜欢自己，不如不喜欢你。

这些人令你负面情绪累积，你对自己越来越不满。远离他，是你的权利。

我拿出一部分自己的时间，用来和人打交道，不是为了让自己越来越不好的。

消耗别人的人，尤其是不改变自己，纯粹给你带来负能量的人，是情绪、情感的黑洞，他们只会吸纳你的能量，浪费你的时间。离开他们吧，起码悄悄在心里和他们划清界限。

做一件事，实现一个目标，
一定要和同类在一起。

不和成功欲不强的人合作

做一件事，实现一个目标，一定要和同类在一起。而衡量同类的标准，在具体事件上，就是是否有同样的期待，愿为之付出同样的努力。

成事的欲望决定做事的激情、配合度、成功率，某种程度上决定了最终的结果。

一些人的存在，是“消极”的代言词。亲近他，就会被他感染。必须切断负面情绪源，否则自己就会变成负能量爆棚的人。

遇到一个合适的聊天对手越来越不容易了。

在一个安静的位置上，去看世界的热闹

我们曾经不断说话，为了你是我的，我是你的，世界热闹。

现在，我们维系沟通，尽可能不构成打扰，希望各自是各自的，世界远离无谓的聒噪。

遇到一个合适的聊天对手也越来越不容易了。

不聊那么多，只聊一点点

人生中最重要的朋友，其实是我们自己。

也许是足够成年，不再喜欢任何密不透风的亲密关系，也许是太忙，人际交往大多止于就事论事的沟通。

我更愿意在某个时段，专程就一类情绪找一类朋友谈谈，没有目的，只为享受酣畅淋漓的交锋和被感染。

我们是需要朋友、需要舒适的人际关系，但不能让这些喧宾夺主，往大了说，耽误我们的自我完成和成长，也没有必要成为所有人的密友。给热心定额度，其实就是给每个人从我们手上能拿走的时间、精力设限。

当一个人开始成长，聊天的方式也会开始随之改变吧？

人生中最重要的朋友，其实是我们自己。每个人终究要学会的，是与自己相处，与自己聊天。

每个人都会遇到一段孤立的时光

被孤立的滋味不好受，
孤立别人也未必能终生无悔。

每个人都会遇到一段孤立的时光。有时，你被孤立，有时，你参与排挤。

被孤立的滋味不好受，孤立别人也未必能终生无悔。

其实，过些日子，你就会发现，当初孤立的原因大多是个笑话，根本不值一提。而在孤立中造成的伤害，或激发的、你心里的恶，无法挽回，无颜面对。

说话时，顾及每个角落、每个人，这是礼貌、尊重和教养。

所谓故人，不用天天见面，夜夜闲聊。

始终和同类在一起

社交的最高目标是：有和三教九流打交道的本事，最亲密的人只是同类。

所谓故人，不用天天见面，夜夜闲聊。彼此不找麻烦，需要借力时，能扶一把，就是义气。绝交了，不出恶声，就是情分。

现代人很大的烦恼是太容易让人找到你。应该训练熟人适应你的适度消失，直至适度出现;训练陌生人根本找不到你。

和功利的人在一起最大的压力与不适来自于不小心就陷入他的逻辑,只恨自己为什么不更有用些,更让他赏识。

重要的谈话都只有一次机会,哪怕发生在熟人之间。十分重要的谈话,甚至一通电话,你的心里都要有提纲,要提前演习一遍。只有把每一次见面当作唯一一次机会,一次办成,才是最省力气的方式。

除了勇敢面对人生的不堪，
我们谁也没有什么捷径可以靠近幸福。

PART 3

LIFE IS A JOURNEY

随时切换到喜欢的频道

控制情绪，维持情绪的稳定，
适当调节，又不一味忍耐，
是一个成年人走向成熟，
自爱，也爱他人的标志。

扫码倾听音频

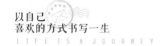

那些抱怨、焦虑、抑郁、一夜一夜的互相吐槽是最没有用的。

别把时间浪费在坏情绪上

如果回到十年前，你最想告诉那时自己的话是什么？

如果我能回到十年前，给那时的自己一句忠告，一定是"别把时间浪费在坏情绪上"。

现在看来，那些抱怨、焦虑、抑郁，一夜一夜的倾诉是最没有用的。节省那些横冲直撞、唉声叹气的日子，去做改变。越早，相信我的今天会越好。

做才能改变，抱怨和哭都不能解决问题。

抱怨和哭都不能解决问题

遇到问题就去解决。不知道怎么解决，就去阅读，去写，去运动，做一切可能做的事儿，找一张白纸，把能想到的、马上能操作的列出来，一一实现，就是不能让自己闲着。做才能改变，抱怨和哭都不能解决问题。

当委屈、嫉妒、感觉被羞辱等负面情绪出现，如果你有能力抽身去思考或者观察一下它，而不是被它推着思考，就站住了第一步，你开始对你的坏情绪有了把控感。

不能包治百病，起码能抵制抑郁。

每天告诉自己一遍，我是幸运儿

谁没有彷徨、焦虑、自我怀疑过？哪怕你在别人眼中是受羡慕的、遭妒忌的，哪怕你是公认的幸运儿，坏情绪也仍然会经常造访你。

失意的时候，默念五十遍“我是幸运儿”，想想哪些是我有，而别人没有的，想想哪些是我通过努力可以抵达，而别人即便付出更多力气也无缘得到的。

“我是幸运儿”“我是幸运儿”，不断告诉自己，你已经足够幸运，已经获得更多，再多，就是命运赠予你的，是附加分。不能包治百病，起码能抵制抑郁。

当委屈、嫉妒、感觉被羞辱等负面情绪出现，如果你有能力抽身去思考或者观察一下它，而不是被它推着思考，就站住了第一步，你开始对你的坏情绪有了把控感。

像节约成本一样节约感情

尽可能选择让你情绪高昂的事，慎重选择交往对象。

情绪对一个人的状态影响很大。高兴时，你一天的工作效率、工作成果能抵上一个星期；低落时，你可能停滞不前，计划一个也落实不到现实中。所以尽可能选择让你情绪高昂的事，慎重选择交往对象。

在这个过程中，我们去观察、评估惹我们生气的对象，情绪本身就和我们保持距离。这距离，能让你冷静，从而让你对情绪有把控。

我们的感情如成本，要节约，在对谁心软，为谁热心，为谁伤神的问题上，别心软，勿伤神。

情绪，是做事的系数

控制情绪，是一个成年人走向成熟、自爱，也爱他人的标志。

情绪，是做任何事儿的系数。情绪稳定，事成的几率大。情绪高昂，我们会觉得所做的事儿更有意义，让事情本身提速。情绪低落，所产生的自我怀疑，轻则不快乐，事情进展受阻；重则如凌迟，日日、刀刀剖向自己和周

遭，最终走向极端，不可预料其后果。

我总觉得，控制情绪，维持情绪的稳定，适当调节，又不一味忍耐，是一个成年人走向成熟，自爱，也爱他人的标志。

所谓情绪管理，就是拥有一个随时可控制自我的开关。

解决负面情绪，你就掌握了你的心情、你的生活。

将负面情绪量化

一些事，必须表明态度。

一些愤怒的宣泄，有助于人的健康。

一些人，总是让你不舒服，那就干脆说再见吧。

只是，无效的、极端的、纯粹的负面情绪让它离你远点、更远点。

你可以试试将所有的负面情绪用价格、次数、实物等方式量化。比如，发一次火，就往存钱罐里放一百块钱，发一次火，就从糖盒里拿一粒糖，狠狠吃掉它。一旦量化，你将发现，负面情绪出现的频率会降低，解决它，你就掌握了你的心情、你的生活。

说到底，就是在思考、观察、评估、把控。

越是有这种可以看到自己的能力，对自己的把控感就越强大。

人的精力有限，
我不想带着一张不能自控的脸，
还想着控制世界。

PART 4

LIFE IS A JOURNEY

面对复杂，保持喜欢

不是所有的爱好都要有用，
人总要找到一件喜欢的事作为认知、
接触世界的方式。

扫码倾听音频

比未知更可怕的是预知，

比变化更让人不安的是一成不变。

比未知更可怕的是预知

我总想，那些朝朝暮暮重复着生活节奏和内容的人。你不知不觉，顺其自然，日子匆匆过，二十年、四十年、一辈子，回首时未必有遗憾。

但反过来呢？当你因某种契机，或是一句话，或是一份有时间期限的合约，或是你根据现实做出的合理推断，你清晰地看到二十年、四十年、一辈子的每一天，你便不免有些触动，选择、转变或放弃些东西。

原来，比未知更可怕的是预知，比变化更让人不安的是一成不变。

如一切有过选择，并选择过的人，有时，我们会思考当年的决定：如果不，现在会怎样？

每天问自己一遍：你想要什么，如何得到想要的，现在应该怎么做？

奋斗也是有惯性的

每天，我都在自我斗争：肯定自己、否定自己、希望、绝望……伴随着自我斗争的是争分夺秒。

人总要兜兜转转才能找到真实、正确的人生目标吧。

为实现那些目标，我们常需要自我激励，用一些象征物作心理暗示，暗示自己一定能挺过去，一定能到达彼岸。

等真的挺过去，站在彼岸，这暗示的影响力仍在。它或许是一种食物，或许是一首歌，我们曾在它们身上汲取力量，再一次遇见时，又情不自禁地向过去的奋斗和梦想致敬，而奋斗也是有惯性的。

成长的关键词

每个人的成长路上都有一两个关键词。

我们变成今日的自己，仔细想来，全因一个个契机。这契机或是一个人、一件事、一句话，提点你，改变你，令你开窍，继而行动。当你迈过最重要的那个坎儿，带着收获的心情愉快地往回看，有时，你会一身冷汗，有时，你会感

到滑稽，因为契机的偶然性、戏剧性。

于是，你在回忆中、叙述里，一遍遍夸张、戏谑着那契机，这是纪念吧——惊险过河后，看对岸的自己，几分狼狈，几分庆幸。

这也是一种后怕吧——怕偶然的契机当初放过，生活则是另一种可能性。

多亏有了一个假想敌

每个年轻又好胜的女孩，都曾有过一个或更多的假想敌。

每个年轻又好胜的女孩，都曾有过一个或更多的假想敌。她可能是你最亲密无间的朋友，也可能是你最势均力敌的对手。她是你的影子。你是她的镜子。她盛开，你也正当花季；她衰老，你离凋零也不远。所以你惦记她，其实只是惦记自己。

青春是件很偶然的事

我对青春的理解是，青春是结，纠结的结。
而我青春后的日子都用来解那些结。

青春就是件很偶然的事，很偶然的选择，很偶然的改变，很偶然的结果。

任何几个同样起点的人，去看他们的十年，都会感慨、唏嘘，因为无常，因为偶然。

不是所有的爱好都要有用，
只要这爱好带给你快乐。

那些无用的喜欢

不是所有的爱好都要有用，人总要找到一件喜欢的事作为认知、接触世界的方式。

不是所有的爱好都要有用，只要这爱好带给你快乐。这些不当吃不当穿的爱好，让你变得和别人不一样，让你成为一个有趣的人。

不影响正常的生活、学习秩序，有些无用的爱好有何不可？或许，成年后，是它，令人与众不同，成为欢欣鼓舞扑向未知世界的源动力。

一个人一生需要表达主见的事不过那几件。比如，和什么人一起生活，从事什么工作，明白自己喜欢什么，想得到什么，需要维护什么。

而决定一个人一生是否幸福的也不过这几件事吧！

我们变成今日的自己，
仔细想来，全因一个个契机。

PART 5

LIFE IS A JOURNEY

被喜欢是一种能力

有魅力、有能力的人，
能在寂寞中绚烂，
把自己过成一支队伍，
丰富多彩，秩序井然。

扫码倾听音频

女人身上最强大的是韧性，再泥泞也能生存。

当全世界将你遗忘

成年后，我一直试图寻找美的标准，这一刻，顿悟。

女人身上最强大的是韧性，再泥泞也能生存。

女人身上最美的是，矢志不渝做她坚信正确的事，哪怕全世界都被推翻，全世界都混乱，全世界都将其遗忘。

咄咄逼人、剑拔弩张是气场，

温柔、美好也会形成气场。

气场不仅是气势

很多人以为气场就是气势，咄咄逼人，剑拔弩张，或有他在，其他人就低一头。其实温柔、美好也会形成气场。有这样的人在，你不知不觉，就会收起有粗鄙之嫌的种种，只想呈现出更好的一面，就想向他靠拢。让气氛和谐，令周遭安静，使人萌发向好之心，这，才算是气场强大吧？

有魅力、有能力的人，

能在寂寞中绚烂，把自己过成一支队伍。

吸引人的能力，离开人的能力

成长全程都在研究吸引人的能力，成年后却一直研究离开人的能力。

是主动离开，还是被动离开，又牵涉到你是否有留住人的能力，即经营一段良好关系的能力。

我们一开始都是过一个人的日子，而后是两个人、三个人、一群人的日子，但归根到底还是一个人的日子。

有魅力、有能力的人，能在寂寞中绚烂，把自己过成一支队伍，丰富多彩，秩序井然；也能在喧嚣中宁静，无论发生什么，无论身边有多少声音，多少人，多少事，仍然保持自己的节奏，应对自然。

适合，需要不断尝试，不断回望，不断自省，不断修正，适合就是美而得体。

魅力就是说服力

最有魅力的人设，要么有攻击性，要么有反抗性。

什么是魅力？魅力就是说服力，一个人说什么都对，你什么都听他的。他什么都不用说，你就想跪在他面前，听他的教诲。他的一个暗示，你就想放下一切跟他走；他沉默着，但浑身散发出的信息，无一不是语言，连他的名字都像咒语。

人还是要有才华，再普通的脸也会因才华闪闪发光，神采奕奕，魅力非凡。找到你最具才华的那件事，那就是你的夺目处，那就是你的魅力点。

哪怕你有非凡的美貌及你所属那行足以让你游刃有余的才华，最终让你抵达的还是勤奋和坚持。

让自身成为一个自足的体系

强看弱是映照，弱看强是方向。

任何人、事、机构都不能让我有安全感，除了健康的身体和能变现的才干。

极好的依赖是独立的人对独立的人，是同类始终在一起。强看弱是映照，弱看强是方向。

中等的依赖是发乎心的惦记，

表现出来的也只是姿态。哪怕示弱，也不过分，只是想让对方知道，我把你当作支柱。

坏的依赖是死乞白赖，更坏的是无处挂搭的依赖。是不能忍受一个人的凄清，抓住多少温暖是多少，抓到一对耳朵，就玩命地倾诉，完全不管对方是不是出于礼貌，对你只是忍耐。

以前觉得获得幸福是一种能力，

现在觉得给人幸福才是能力。

给人幸福的能力

孤独可怕，但更怕因孤独的恐慌造就不加选择，不明对象的依赖。

仿佛，只有在人群中才能意识到自己的存在，在言语中才能意识到生命的存在，越聒噪，越心安，越窃喜：你看，我的生活没有留白。

一定要把经济建设搞好，这样谈恋爱、结婚全凭心情，分手了也不会太多牵扯，自身是个自足的体系比什么都重要。

以前觉得获得幸福是一种能力，现在觉得给人幸福才是能力。

如果你真爱一个人，你只希望他好，希望他在有生之年尽可能享受到生命的乐趣。

爱好让他们在职场和家庭之外有另一个圈子，有更多可分享的体会而不只是谈资，为颜值加分，更为人生加分。

女人身上最美的是，
矢志不渝做她坚信正确的事。
哪怕全世界都被推翻，
全世界都混乱，
全世界都将其遗忘。

PART 6

LIFE IS A JOURNEY

在喜欢的事上做第一名

你不是无能，
只不过不是全能。
如果不能样样都做好，
那就在喜欢的事上做第一名。

扫码倾听音频

每一个三分钟都不辜负，你自然有所得，起码过瘾过。

如果只有三分钟热度

我们总是强调，将某件事做到极致，如打游戏不通关，就不算得到认可。没有认可或资质的评定，不能带来利益就是白做。但世上哪有那么多专业人士啊，尤其，兴趣爱好大多与艺术相关，究竟有多少人有艺术天分？

当我发现我事事都只有三分钟热度，根本改变不了时，就安心做一个“感兴趣”

专家。

我追求的只是“三分钟”内的精彩，结果并没有那么重要，但结果往往会让你喜出望外。而三分钟内全情投入，好好享受，每一个三分钟都不辜负，你自然有所得，起码过瘾过。我认命了，我就是杂家。我喜欢做杂家，在这件事情上，我做了第一名，不也很好吗？

它让你退回来的灵魂有个可以永久居住的地方

向着明亮那方

“向着明亮那方，向着明亮那方；哪怕一片叶子，也要向着日光洒下的方向……”

成年后，我一直在思考，所谓理想、梦想，抑或基于原始冲动追求的“明亮那方”，于普通人等、庸常人生究竟何益。

没有更多益处。生老病

死诸多苦，无一能消除。

除了，生命短时，它让其显得好。

除了，遭遇相同时，它让你“退回来的灵魂有个可以永久居住的地方”。

除了，完成你的使命时，有逢山过山、逢水过水的勇气，如一张救生筏，渡一切苦厄。

自己才是自己的魔术师，自己才能给自己安全感。

自己才是自己的魔术师

这时代真让人没有安全感，这时代也真是个魔术师，你不知道下一回魔法会施在谁身上。这时代多宽容，给每个想尝试不一样生活方式的人以机会；这社会多势利，你成功了，就被认为是天降横福。那些你认为被魔杖点过的幸运儿，其实他们自己才是自己的魔术师，自己才能给自己安全感。

人的梦想是分阶段的，实现梦想的过程也是。

梦想也是分阶段的

没有红的时候，你只期望有舞台；等你有了舞台，就会想红；等你红了，就会想怎么持续红。这不是对梦想认知的区别，而是人的梦想也是分阶段的。

永远保持好奇心算什么，永远保持好胜心才重要。

你我都没有守住初衷

你穿梭在一个个城市间，客舍如家家似寄。

你突然间发现你只是在扮演一个角色，有时甚至只是表现角色所需的态度。

你穿梭在一个个城市间，客舍如家家似寄。

这些都是你角色的必需。

当初对于出演的角色，我们都曾做过这样那样的努力。

我们试图挑选，可现实局促，你我都没有守住初衷。

可你的心里，却始终保持着一份渴望。这渴望如苹果种子般，藏在肉身深处。

它来自于你儿时的梦想，或是你对自身越来越清楚的认知。这渴望，常与你两两相望，可有时它会突然对你大喝：你所拥有的不是你想要的，你从事的也不是你适合的！

渴望如苹果种子

八小时之内只为谋生的人太多太多。

苹果种子大小的渴望硌得你难受，它让你总惦记着另一种生活。

另一种生活中，有属于你也适合你的舞台。或许有你狠心放弃的专业，或者不必上妆，不用摆出另一副面孔。你常想，你站在那方舞台，不会再被琐事消磨，不会呆呆地看着热情日渐被销蚀却无能为力。

你才发觉，为什么世上有那么多人沉迷于业余爱好，原来八小时之内只为谋生的人太多太多。是，只为谋生，不谈理想。

你现在的职业不过是你谋生的工具，你每日在出演职业所需要的那个人，那个谁来演都一样的人。

你恨千人一面，但卷土重来、从头开始，过程太艰，成本太巨。

你日渐平庸，甘于平庸，将继续平庸。

来一场真正淋漓尽致的演出

你发觉你面目模糊，做什么工作都行：工作需要你什么样，你就得变成什么样；工作需要你什么样，你也能变成什么样。像一枚图钉，可以按在任何一块木板上。

你日渐平庸，甘于平庸，将继续平庸。

你当初为了户口、为了待遇、为了安逸，后来为了家庭、为了职称、为了房子……

为了各种理由。

你从不曾站在自己的舞台上。你没有见过你真正淋漓尽致的演出，哪怕只为自己演出。

你握住报纸，顺势伏在桌面。

你想起很久以前，你的一粒苹果种子，你原以为会拿它种树。

你竟哭了。

自己才是自己的魔术师，
自己才能给自己安全感。

PART 7

LIFE IS A JOURNEY

成长就是目送喜欢的离开

我们在目光中远行，
又目送他人离去，
最终都等来彻底的告别，
在这个世上，再也不见。

扫码倾听音频

我们一再告别生命中的某个段落，
告别一度同行的人，道着再见。

我们总在告别人生的一个段落

记忆的闸门被撞开，自己曾经历的一幕幕生离与眼前的死别交错、集聚。

这是人生吗？

我们一再告别生命中的某个段落，告别一度同行的人，道着再见。

我们在日光中远行，又目送他人离去，最终都等来彻底的告别，在这个世上，再也不见。

奔波时抱怨，后来才知道，最可怕的是无处奔波。

有的远方用来寻根，有的远方用来思考要做什么样的人。

有的远方用来谋生，有的远方用来做线，牵着你，你是风筝。

别怕，一切焦虑，所有问题，

都会在未来十年解决。

最好的十年

未来十年是最好的十年，我们将清楚看到自己上升的轨迹。从现在开始，我们是一条射线，前方有无限可能，而发射点就在此时、此刻、此地。

我相信，你该走什么路，遇见什么人，过什么样的生活，冥冥中自有天注定，所有此一时都由彼一时造就。别怕，一切焦虑，所有问题，都会在未来十年解决。

每代人都有每代人的烦恼，但在同一个人生阶段，在相似的大时代背景下，烦恼的核心基本相同。或扎根，或漂泊，或留守，在谋生、谋梦、谋各种爱的路上跌跌撞撞。

我想说的是，都没事，你经历的是同龄人都在经历的，你经历的，我和我的朋友都经历过——你并不孤独。

聚的时候已经看见散

不知悲凉什么，诚觉世事无不悲凉。

聚的时候已经可以看见散，遇见已经知道一定会分手，盛惦记着衰，起步就想着万一。成年人就是这样吧，不管手里有什么，都觉得无法把握，不知悲凉什么，诚觉世事无不悲凉。

温暖都是些小事

最温暖人心的，恰恰都是小事。

什么是温暖？

最清晰的记忆是大学时晒被子，尤其久雨初晴，你出门了。你的室友晒被子的时候捎带手帮你晒了，还帮你收了。你回来得晚，竟又帮你铺了床。你回来后，本来抱怨错过了大太阳，可这时，躺下来，欣喜啊，温暖啊，阳光就在你鼻尖，也在你周围。

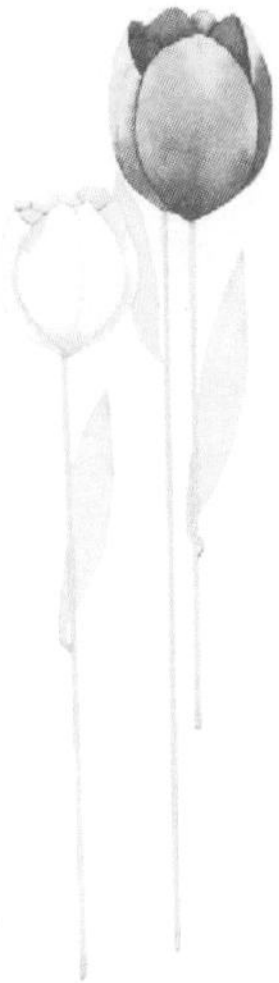

根本没有一劳永逸

根本没有一劳永逸，才是活着，才是人生。

越过山丘，发现无人等候，那是
高手的寂寞。
越过山丘，发现一百多条大汉
拿着砍刀在等候，才是真实的生活。
越过山丘，刚逃脱砍刀，发现还
有连绵不断的山，每座山上还有豺

你取得今天的成就，很多时候可能是他不经意的促成。他即使不是陪你终老的人，也是你的命运派来渡你的人……

狼虎豹，根本没有一劳永逸，才是活着，才是人生。

越过山丘，一山放过一山拦。

之前翻过的那些山，只是行人空喜欢。

练好字，信才写得好看！

写信是独处的一种方式

写信已经成为一种习惯，习惯借此排空自己。

想象一个理想的读者——你最信任、令你最放松的人坐在面前，你说给他听。

让你写信写到习惯的人，想来也是人生之理想的读者吧？

我们借之排空、厘清，堆积在胸口大团的情绪随文字潺潺流出，写完的刹那即为上一个自己画上句号。

我们在理想的读者面前说、笑、哭、闹，以笔一对一，是交流方式，更是一种独处方式。

物是人非，知交零落，但消磨过，享受过的美好时光真实存在，用心写过的信，都给过我们快乐。

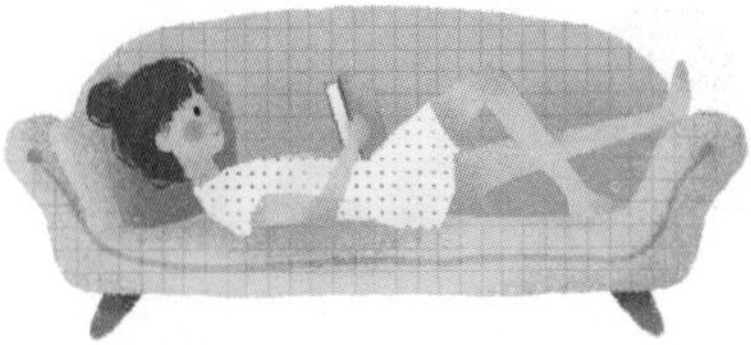

时间赠人阅历，世事尽可原谅。
别怕，一切焦虑，所有问题，
都会在未来十年解决。

PART 8

LIFE IS A JOURNEY

爱情，对等的喜欢

要经过很多很多事，
再遇见很多很多人，
你才会知道，不论结局，
在你发生爱情的刹那，
对方给你对等、及时的反馈，
那就够了。

扫码倾听音频

没有审美意义的事不值一做。

只做有审美意义的事

年轻时以为浪漫是场对手戏，需要一个好对手，若对方不懂、曲解、无回应，便嗔、怒、怨、念。现在越来越觉得浪漫不过是一个人的内心戏，你读多少书，行多远的路，交什么样的朋友，选择何种生活方式，决定你能感知或为自己营造的意境——只做有审美意义的事，是一个人就能解决，也最靠得住的浪漫。

所谓浪漫，就是在普通的日子里仍保持审美，

因美，你和你的日子都会发光。

什么最浪漫

什么最浪漫？

不确定，却坚定地去接近一份模糊的美好。

你渴望，却从未想过能得到那美好，在山穷水尽时、在灯火阑珊处，忽然遇见，不论得失。

始于踌躇，终于无言的相见，
恐怕都源于深刻、深沉的情感体验。

最踌躇的门

一个人对你意义非凡，想到他，你便感到软弱。

临见一刹那，如横着一道门，心酸、甜涩、怯懦，及至推开，又不知说什么，呵，那真是世上最踌躇的门。

呜，始于踌躇，终于无言的相见，恐怕都源于深刻、深沉的情感体验。

我推开一扇踌躇的门，发现那人美好如昔，那人靠近却溜走，没推开，也没给自己失望的机会，都算幸运。

要知道，不幸的推门者，在书里比比皆是。

我总想，最幸运的推门者是谁。

是那些挨着透明的门，无限接近，试图推开，却始终推不开的人吧。

惦记是最隐秘的联系

惦记是最隐秘的联系，
联系是最露骨的惦记。

惦记是最隐秘的联系，联系是最露骨的惦记。有时，我们送礼，不在于礼物是否实用，只是希望用礼物表达一句，走到哪里，我心里都有你。

要经过很多很多事，再遇见很多很多人，你才会知道，无论结局，在你发生爱情的刹那，对方给你对等、及时的反馈，那就够了。

怀念一种可能性

与之相关的一切，都是我们失之交臂、没法回头的人生。

我们怀念前一个爱人，未必是因为还爱着他，只是怀念一种生活的可能性。与之相关的一切，都是我们失之交臂、没法回头的人生。

你很少能路过一个人的全世界，但有的人，陪他一程或半程，也是好的。

求不得，无休止

停止暗恋的唯一方式是，找到对方让你不齿的事儿。

写暗恋最好的句子是——曲有误，周郎顾。再平凡卑微的人都可能拥有惊涛骇浪般的情感，用他的方式奋身一搏。

而暗恋，求不得，无休止，曲折、幽暗、绝望，却美。

有的人是爱的天才，那些没遇到对手的天才们，有过审美体验，也够了。

成年后，我终于明白，不喜欢就是不喜欢，没兴趣就是没兴趣，无论你做什么，晒什么，再多才艺，再好手艺，那个对你无意的人都不想看，隔多少年都不会变。

爱情，需要经常提醒

恋爱无处不在，我们在恋爱中学会和人相处，和人分别。

喜欢一个人，也确定他喜欢你，你就会愿意在他面前有恃无恐，无理取闹。

世上最美好的事是最初一起奋斗的人最终没有分开。而理想和爱情都是经常需要提醒的。

得不到的永远在骚动；得到的，不过寻常日子，寻常男子。只是那低在尘埃里，略带心酸的感觉，猝不及防，排山倒海，奔涌回来，无关男主角，关乎一些失而不复得的美好。

爱情无非就是如何接受、如何选择、如何挽回、如何继续、如何分手，恋爱无处不在，我们在恋爱中学会和人相处，和人分别。

走好你的路，做你最擅长的，戒纠缠，戒纠结。

如何做好一个前任

最好把他忘掉，如果不能，就走好你的路，做你最擅长的，戒纠缠，戒纠结。

等你成名、成家、成事儿，你的敌人都会以和你吵过架为荣，何况你的前任。

真正的快乐和悲伤只能一个人孤独解决。

爱情中，最大的不般配，
是彼此世界完全不同。

爱情中最大的不般配

爱情来来往往分分合合太常见，只要在你浓烈的爱需要释放时，得到对方的回应，给你对等的感情，就足够了。最委屈、最遗憾的是，我喜欢你时，你没有给我对等的喜欢，起码没让我感觉到。爱情中，最大的不般配，是彼此世界完全不同。最大的灾难，是不同的人逼着你和他相同。

你很少能路过一个人的全世界，
但有的人，
陪他一程或半程，也是好的。

PART 9

LIFE IS A JOURNEY

在喜欢的路上驰骋

用化整为零的计划，
以强悍神经、强执行力，
先安身立命，再以梦为马。

扫码倾听音频

专注，游刃有余，输入也输出。

如果短板很短，就得长板很长

只有经历过真实的幽暗之路，才会知道知遇之恩是无血缘的人能给你的最珍贵礼物。

如果短板很短，就得长板很长。

工作能获得幸福感，但幸福感基于三点：专注，游刃有余，输入也输出。

缺一不可。

生活中没那么多重大的转折点，
更多的是一系列细微细碎的作用点。

先安身立命，再以梦为马

那些曾在我周围生活，和我一起奋斗，我看着他们奋斗的年轻人，怀揣理想而来，经历不同境遇，或顺势而为，或攻克障碍，或自暴自弃，众生相让我不得不总结并汲取经验——用化整为零的计划，以强悍神经、强执行力，先安身立命，再以梦为马。

恭喜你，又闯关成功了

工作就是升级打怪。

一份看似不好的工作，一个看起来暂时没有机会的小平台，都可能是升级路上必经的怪兽。问题是，你想忍耐、抱怨、坐以待毙，还是想长本事，积蓄血值，冲过去。

冲过去，还可能有新的怪兽，那又怎样呢？你也会有新的本事。

闯关成功的乐趣，难道只是最后表示胜利的漫天烟花吗？一路打怪，才是乐趣本身啊！

一些人的脚底板是一些人的天花板，当你知晓这一点，就会心怀悲悯，多些体谅和体贴。

我们不能决定会发生什么，唯一能决定的是我们应对突发事件的态度。

爱惜羽毛，因为想飞很久

今日你甲方我，明日我甲方你。

十年前一起工作的人十年后仍在一起，行业已经成为一个大单位，转行，去处也无非就那么几个。于是，流动的年代，今日你甲方我，明日我甲方你。

一些人、一些关系已不能简单称之为同事，应该叫职场发小。

年轻人为什么要去大平台

在大平台见过大风浪，起码的趋利避害懂。

年轻人为什么要去大平台？

在大平台见过大风浪，起码的趋利避害懂。在大平台见过大人物，起码的矜持和谦虚有。

注重职场口碑，注重每一件小事，每一个细节，每一个合作者。

完成比完美更重要。

如果你真爱一份工作，
就按可持续发展的方式去规划它。

健康是核心竞争力

以前崇拜勤奋的人，现在发现一些人的勤奋是病——上了发条，停不下来；而健康是核心竞争力。

如果你真爱一份工作，就按可持续发展的方式去规划它。不晚睡，也不晚归，少吃油腻，杜绝刺激的爱好，保持身心健康，一切为你最重要的事准备。

很多糟蹋自己身体的奋斗一看就不能可持续发展，不是没想好，就是抢钱的愿望太强烈。

许多人忙，不过是因为不安全感。

想坚定信念，
就要花时间找与你持相同信念的人，
然后始终和他们在一起。

PART 10

LIFE IS A JOURNEY

最喜欢的会是幸会

开各种会，
但最好的会是幸会。
最好的幸会，
是遇见更好的自己。

扫码倾听音频

一直向前走，过去的事才能翻篇。

会忘是能力

记性好是天赋，会忘是能力。不会忘，你就无法做到面对故人、旧事时，优雅、体面、周全。

人抛弃旧事的能力会让自己吃惊。

别对自己有误会，守拙、若愚，
其实和普通人都无关。

情场得意的人通常人缘也不错

情高低，就是喜欢一个人，对方看不出来，得罪一个人，自己看不出来。

大部分事都还没到要把聪明藏起来的地步，你拼一百二的力气未必能完成百分之五十的目标。别对自己有误会，守拙、若愚，其实和普通人都无关。

情场得意的人通常人缘也不错，因为他通晓和人打交道的艺术。

最深沉的懂得，无需言语，他知道你的每一寸痛。你被他弄哭了，仍心存感激。

眼前的人有许多面，

你只能与其中一面交，有一面或者一瓢也就够了。

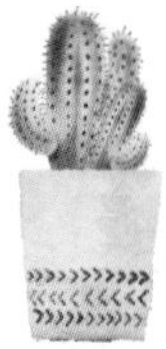

弱水三千，只取一瓢饮

成年人，互相不找麻烦，就是恩；能互相解决麻烦，就是爱。包括伙伴，包括密友，包括夫妻。

读书、行路，都是为了突破现实狭小的圈，与更多陌生、有趣的灵魂发生联系，取得交集，惺惺相惜，互通心意。

弱水三千，只取一瓢饮。

不止是说人潮来去，你只钟爱其中的一两个；更多的是，眼前的人有许多面，你只能与其中一面交，有一面或者一瓣也就够了。

线和线之间多像男女之间啊。好的爱情是两个人有共同点，重合或相交，不幸的爱情是平行，永无交会那一天；最不幸的爱情是异面，看起来有缘，其实都是误会……

在伤口上画花

成人的不快乐大多因为已知，有生之年能什么样，基本就那样了。

孩子的不快乐大多因为未知，所谓前途茫茫。成人的不快乐大多因为已知，有生之年能什么样，基本就那样了。如果孩子能对未来做到些许已知，成人的生活保留点未知的趣味，快乐便简单易得。

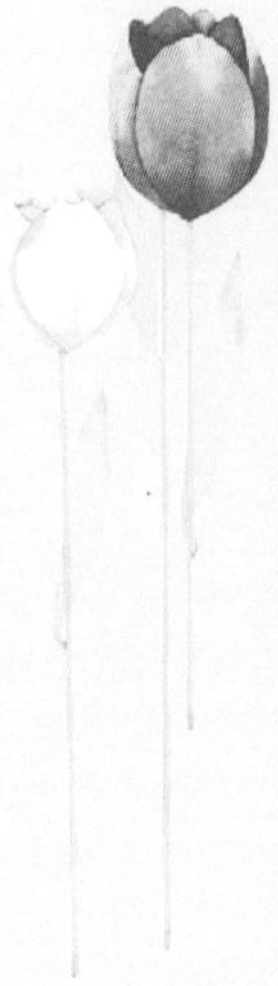

那只叫好强的虫子，会让我们变成更好的自己，也会吞噬掉我们的快乐、从容和平静。你再完美，也仍然焦虑，你因它永无止境，也因它永无宁日。

你所看到的，不会是一个人的全部，哪怕是花朵，也可能是他在伤口处的缝补。

去哪里找一张安静的书桌

不是人间不值得，是书房之外的事都不值得。

成年人的世界，哪有绝对安静的书桌啊。最结实的、最安静的，在心里。

人人都要生活，那不是理由，也不值得心酸。如果你想干什么，就顺应万变，但挤时间。

你必须经过很多事，走过很多地方，有过许多次彻夜不眠的思考。

而那些都和文字没有半点关系，最后无意流露出的，成了文，才珍贵，有意思，不一样。

你要去爱，去生活，去碰撞，去受伤，去疼，去和世界接触，去折腾，你才能写出好作品。

不是人间不值得，是书房之外的事都不值得。

最好的会是幸会，最好的幸会是遇见自己，
是遇见自己固定的生活方式，固定的生活秩序。

若曾素心相赠，请勿反目成仇

不卑不亢，一个人当初为了一件事有多卑，卑到尘埃里，日后发迹，就会有多亢，亢到趾高气扬。

开各种会，但最好的会是幸会。而最好的幸会，是遇见最好的自己。

在重要的人生契机前，我们要决定的无非是以喜欢的方式或者习惯的方式继续生活。

于我，从无迟疑。

一个人最大的自由，是以自己喜欢的方式过一生。
有勇气去做想做的事，靠近喜欢的人，过上想要的生活，
才是仅有一次的生命的真正意义。

你是在活自己，
过自己想要的生活吗？

LIFE IS
A JOURNEY

这一生，你还有多少时间可以挥霍？

以人类的普遍寿命来计算，人差不多能活75岁，也就是900个月。

这是一张30×30的方格纸，代表着你的人生。

每过一个月，涂掉一个格子，你的人生还剩下多少时间？

											1												2						
					3												4												5
											6												7						
					8												9												10
											11												12						
					13												14												15
											16												17						
					18												19												20
											21												22						
					23												24												25
											26												27						
					28												29												30
											31												32						
					33												34												35
											36												37						
					38												39												40
											41												42						
					43												44												45
											46												47						
					48												49												50
											51												52						
					53												54												55
											56												57						
					58												59												60
											61												62						
					63												64												65
											66												67						
					68												69												70
											71												72						
					73												74												75